KB116629

아흔 이후 I

아흔 이후 I

—

초판 1쇄 2023년 3월 21일
지은이 박종대
펴낸이 김영재
펴낸곳 책만드는집

—

주소 서울 마포구 양화로3길 99, 4층 (04022)
전화 3142-1585·6
팩스 336-8908
전자우편 chaekjip@naver.com
출판등록 1994년 1월 13일 제10-927호

—

ISBN 978-89-7944-830-6 (03810)

아흔 이후 I

박종대 시조집

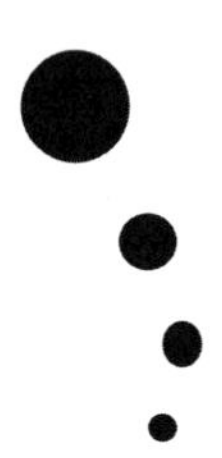

책만드는집

| 시인의 말 |

70세도 어려우리라 생각하고 65세 정년 할 때 연금을 일시불로 받아 버렸다. 그런데 90? 아흔이라니! 어지럽다.

마땅히, 왔던 길을 잘 둘러보고, 다시 두고두고 보고 싶은 이전의 것들을 본문의

'앞쪽'에,

어지러운 느낌을 새 신호로 보고, 새로 다시 걸어 본 것들을 본문의

'뒤쪽'에 실었다.

이다음, 향상된

『아흔 이후 제2권』,

『아흔 이후 제3권』이.

먼저 간 친구들의 못다 한 삶을 갈음했을까 생각하면 미안하고 초라하다.

2023년 3월

박종대

| 차례 |

뒤쪽

앞쪽

징검다리의 손짓

앙금쌀쌀
나를 건너
산 위에 올랐었지

징검 산들
훌짝
훌쩍
구름 위에 올라 볼래?

은하수?
거기도 거기서 거기야
징검 별들 건너면

동백 아래

동백 아래 동백으로
합장하고 섰습니다

두 손에 모인 그리움에
빨간 불이 붙습니다

불현듯 툭 떨어집니다
가만 주워 봅니다

가을 한 점

나무 이파리 하나
바람 타고 내려온다

살랑바람 한 옴큼
이파리 타고 내려온다

내리고
내려 주고는
잠시 머뭇거린다

풀잎 끝 파란 하늘이

풀잎 끝
파란 하늘이
갑자기 파르르 떨었다

웬일인가
구름 한 점이
주위를 살피는데

풀잎 끝
개미 한 마리
슬그머니 내려온다

외로움에게

멀리 두고 외로우면
불러다가 만났는데

인제는
나이 탓인가
무시로 찾아오는구나

이렇게 버릇없으면
방문 걸어 잠글란다

왕십리역 유실물센터

유실물? 가슴 덜컥!
너 뭔가 두고 왔지
그래 참 그랬나 본데
어디다가 뭘 말이야

작은 건 아닌 거 같은데
생각이 나야 말이지

더한 일 그르칠라
그냥 가자 그런대로
가노라면 또 나온다
왕백
왕천
왕만리역

그때는
거기 어디 가서는
문득 생각날 거야

노모老母

애비야
　예 어무니
아니다 아무것도

애비야
　예에 어무니
아니 아무것도 아니다

애비야 나 좀 봐라이
　예에 어무니이

애비야!

뒤쪽

춘분春分

날씨가 풀리니까
기어들 나와 갖고

이 나도 우리도
기어들 나왔는데

저 목련
보고 있었네
그래 알았어 그래

실개울

가늘디가는 친구가
해도 달도 담으면서

내 몸 안의 실핏줄도
자네처럼 그러면서

닮았지
우리 졸졸 졸졸
세상 같이 가는 거다

가 보고 싶은

꼭 한번 가 보고 싶어
갈 수 없다니 더더욱

그대로일 리 없어도
그 바람 그 이야기

그 뒤엔
저 낯선 데도
낯설지 않을 텐데

직直하고 곡曲하고

직선이라고 한다면
저 지평선 수평선이고

곡선이라고 한대도
저 지평선 수평선이라

직곡이
한데 있어요
서로 어우러져서

산책길

이놈들
반갑다고
맨날 보고 또 보는데도

옛날 그 길 그 나무도
같이 섞여 어울려서

그래도
또 수그리고
가슴 펴고 꼿꼿이요!

지금 이것이 바로 그것인가

우리 할매
시중들면서
밥하고
청소하고
내 몸도
추스르면서
신문 보고
TV 보고

가늘게
이어지고 있는 삶
곰곰이 맛보고 있다

어쩌다가

단수
그 진짜 시조는
어디 저 골방으로

세 수 네 수
그 긴 놈들이
사랑방에서 대판이라

그 가람
저세상에서
어찌 보고 계실꼬

불면 不眠

아이고 잠이 와야지
밤마다 이 고생이니

못된 짓 그리 했으니
당연한 벌이다 벌

안 자서
잘못이 가신다면
안 잘란다 일어나

눈도 늙었는가

눈을 달래고 달래서
새로 좋게 보자구

기본은 그대로니까
좀 더 두고 보자구

세상이
얼마나 변했는데
묵은 잣대를 거기다가

퍼뜩 그 좋은 생각이

물건만이 아니고
생각도 잊어버려요

좋은 생각 떠오르면
즉시 메모하는 것도

멍하니
그놈이 어디야
그놈이 어디야

저기 저 흰 구름

저 하늘의
외로움으로 산다는
저 흰 구름

둥둥 뭐 하고 있나요
어린 외롬들 데리고

저기 저
아래 세상에도
친구들이 산단다

반려 화분

창가에 화분 몇 개
눈이 안 떨어져요

보고도 또 보고 또 보고
좋구나 이 하루가

재들도
좋대요 행복하대요
그래 우리 행복하구나

겨울 나뭇잎

앙상한 마른 가지 끝
지지 않고 있는 몇 잎

그래 우리 그러자구
꼭 붙잡고 있다가

이 허망

봄에 후배들 나오면
꼭 일러 주고
지자구

어두워지면

외로운 혼자가 된다
훤할 때는 몰랐다가

불을 켠다
비참해진다
보기 싫어 꺼 버린다

그러다
칠흑이 되고 나면
꼼짝없는 혼자다

고마움까지도

좀 어때
기운 내자구
여기저기서 고마운 격려

고맙지요 고맙고말고요
그런데 꼭 그렇지만은

정말은
그런저런 것들이 다
귀찮기만 하거든요

버선발로

좋아도 싫어도 덤덤
기뻐도 슬퍼도 덤덤
있어도 없어도 덤덤
그냥 그렇고 그렇게

그 내가
이러고 있는 줄 아시면
버선발로
오실까?

넘어져 주기

늘 어질어질하니
자칫 넘어지기 일쑤

안 넘어지려 하다간
안 된다 다친다

그럴 땐
앞서 넘어져 주면서
가볍게 방어
허허

일복

그게 어디 갔냐구
금방 잘 놔두었는데

여기저기 이리저리
잊고 찾고 잊고 찾고

고맙다
무료한 나날에
일이 생겼다
찾는 일이

장수長壽

오래오래
사는 것이
좋긴 좋은 것인가

좋아라 좋구나
살아들 가건마는

그 덕에
험하고 험한 꼴을
당하고 또 당하나니

고 녀석

진작 그만두기로 작정
들앉은 줄 알았는데

다 된 지금 이 마당에
어쩌자고 볼쏙불쑥

그토록
차마 그냥 갈 수 없다는
그놈의 한恨
그놈의 한恨

다 버리고 보니

늘 같이 지내던 놈들
다 버려 버렸다

힘 부쳐
감당이 안 돼
서글프고
처량해서

아니야
걔들이 날 떠난 거야
내가 버림받은 거여

만개滿開

환희의 환성이냐
울분의 통곡이냐

아무러면 어떠냐
얼마나 기다렸는데

마음껏
소리쳐 봐라
소리 없는 천둥이다

멍하니

그저 이 모양 이대로
오도카니 우두커니

시름없이 걱정 없이
그런저런 생각 없이

뭘 하나
보는 것도 아니고
멍하니 그냥 멍하니

꿈

개꿈인지 돼지꿈인지
무슨 꿈이 이러냐구

얽히고설켜서
꿈인지 생신지

꿈하고
같이 잤다가
같이 깼다구
그놈 참

그 엄동설한에

학생들, 학생들!
학생들!! 학생들!!!

네, 왜요 아주머니!
이 깜깜한 새벽에?

불 한 번
안 땐 방에서
혹시나 하고 불러 봤대요

구름 손님

저 높은 아파트 위에
하얀 구름이 와 있다

무엇이 있긴 있는 건가
저 아파트 몸통에

그래요
천천히 만나 보소서
산을 만나 보듯이

이왕이면 펑펑

너 지금 너 지금
뭐 하고 있는 거야

그 손 내려 봐요
눈물을 닦고 있잖아

좋구나
그 눈물 닦지 말고
그냥 펑펑 울어 보자

해설

순수 서정으로 빛나는 청정무구의 시조 미학

김석철 시조시인

박종대 시인은 서울대학교 사범대학 국어과를 졸업하고, 주로 교육계에서 평생을 헌신해 왔으며, 이미 십여 권의 시조집을 발간한 연치 아흔이 넘은 시니어 시인이시다. '시인의 말'에서 밝히고 있듯이 앞으로 『아흔 이후 제2권』, 『아흔 이후 제3권』까지 이어지길 바라는 그 푸른 창작의 열의가 매우 존경스럽기만 하다.

박 시인은 그 경륜과 인품이 이 시대의 진정한 선비 시인이시다. 내가 감히 작품 해설을 하기엔 망설여지는 일이지만 용기를 내어 붓을 들었다. 이제 실버 문학의 일가를 이루시고 평범한 소재에서 비범한 시상을 열어 전개하는 그 품이 여느 시인과는 확연히 다른 차원임을 알 수가 있다. 사물을 대하는 심성이 긍정적이고 청정무구하며 그 인식 또한 순수 서정으로 발현되고 있다. 깊은 시적 감수성으로 메타언어에 의한 시적 진술을 새로운 어법의 발성으로 내보이고 있는 점이 특출하다. 대부분 작품에서 중층의 비유가 빛을 발하고 있어 문학성을 높이고 있는가 하면, 작품마다 밀고 당기며 연결하는 참신한 시상에 재미를 들이다가 종장에 이르러선 그 절정을 맛보게도 한다. 밀도 높은 개성적 시정신으로 시조의 미학을 잘 살려내고 있다.

1. 연륜과 혜안의 인생철학

시조는 우리 문학 양식 가운데 가장 정통성을 지닌 고유의 민족시이며 우리 시이다. 따라서 시조는 우리말의 토양에서 자생한 시의 형태이기에 우리의 정서를 담아내기에 가장 적합한 언어 표현의 그릇이라고 볼 수 있다. 시조야말로 시인의 개성과 기량에 따라 재창조될 수 있는 우리 시의 정화精華이다. 누가 뭐래도 시조는 운문의 백미로서, 운율미, 간결미, 정제미, 균제미, 함축미, 완결미는 시조의 특성이며, 우리 시, 한국 시가 세계적이라는 자부심은 우리의 자랑이다.

박 시인의 시조에서는 그동안 쌓아온 오랜 연륜에서 우러나

오는 혜안으로 빚은 긍정적이고도 개성적인 인생철학을 읽을 수 있다. 사물을 보는 눈이 맑고, 가슴이 따스한 박 시인은 영혼이 없는 물상에 영혼을 불어넣어 주는가 하면, 귀에 안 들리는 것을 들을 수 있고, 눈에 안 보이는 것을 볼 수 있는 혜안을 지니셨다.

동백 아래 동백으로
합장하고 섰습니다

두 손에 모인 그리움에
빨간 불이 붙습니다

불현듯 툭 떨어집니다
가만 주워 봅니다
–「동백 아래」 전문

'동백冬柏'은 겨울에 꽃을 피우기 때문에 붙여진 이름이라고 한다. 설경을 물들이는 붉은 꽃을 피우는 상록교목으로, 동백의 꽃을 산다화山茶花라고도 일컫는데 색상이 빨간색, 흰색 및 분홍색 등 다양하며 여러 색이 혼합된 꽃도 있다고 한다. 대개 경칩 무렵이 되어야 피기 시작하는 다른 꽃과는 다르게 이 꽃은 경칩이 되기 훨씬 전부터 핀다고 한다. 대략 11월 말부터 꽃을 피우기 시작해서 2~3월에 만발하는 편으로, 꽃의 꽃잎이 하나하나 떨어지며 지는 것과 다르게 특이하게도 동백꽃은 질 때 꽃잎이 전부 붙은 채로 한 송이씩 떨어진다는 것이다. 꽃말은 '그 누구보다 당신을 사랑합니다'라고 하는데, 엄동설한에도 꽃을 피우기 때문에 '청렴', '절조' 등의 꽃말도 가지고 있으며, 그 꽃말의 의미 때문인지 모르겠지만, 겨울철엔 연인 사이에 선물하기 좋은 꽃으로 알려져 있기도 하다.

시인의 「동백 아래」는 메시지의 전달이 잘되고 있는 단수로, 깊은 사유와 성찰의 심층에서 건져 올린 절절함이 묻어난다. 이 단수에서 시인은 경어체, 구어체로 표현하여 '그리움'과 '사랑'의 간절한 감정을 한결 더해주고 있다. 특히 중장에선 시적 대상과 혼연일체의 경지랄까 "두 손에 모인 그리움에/ 빨간 불이 붙습니다"라고 표현하고 있는데, 여기서 "빨간 불"은 꽃의 색깔과 열정의 의미를 동시에 함유하고 있다고 본다. 간결하면서도 단아한 형태로 행간에 깊은 의미를 담고 있는 시조다. 종장에서는 전환과 비약으로 시상을 이끌어 주제를 심화하며, 반면에 마무리는 "가만 주워 봅니다"라는 표현으로 차분한 진정성을 보여주어 시적 묘미를 더하고 있다. 이미지의 형상화가 아름답게 그려지고 있는 이 작품을 음미하고 나면, 잠시 사유의 뜨락을 노닐게 되는 덤을 얻게 된다.

나무 이파리 하나
바람 타고 내려온다

살랑바람 한 옴큼
이파리 타고 내려온다

내리고
내려 주고는
잠시 머뭇거린다
–「가을 한 점」 전문

시나 시조를 문법적으로 분석하고 해석한다는 건 어리석은 일이다. 암시와 내포, 비유와 상징의 시적 표현에서 그 깊고도 오묘한 사유의 공간을 채우고 있는 것들을 제대로 파악한다는 것은 대단히 어려운 일일 수밖에 없다. 이 「가을 한 점」은 가을의 정조가 배어나는 작품으로 한 점의 풍경화를 보는 듯하다. "나무 이파리 하나"가 "바람 타고 내려오"는가 하면, "살랑바람 한 옴큼"은 "이파리 타고 내려온다"고 표현하고 있다. 그렇다! 시인은 시안詩眼을 지닌 사람이다. 평소의 고정관념에서 벗어나 새로운 의미를 발견하고 추구하는 게 시인이다. 바람에 낙

엽이 날리기도 하지만, 거꾸로 낙엽이 바람을 날리기도 한다고 생각하는 것이다. 시인의 시적 인식은 그만큼 다양한 모습으로 나타나게 된다. 특히 종장에서는 첫 음보 "내리고"의 주체가 '나무 이파리'이고, 둘째 음보 "내려 주고는"의 주체는 '살랑바람'이라는 걸 인지할 수 있는데, 마지막 "잠시 머뭇거린다"에서는 위의 두 가지, 즉 '나무 이파리'와 '살랑바람'이 서로 잠시 어쩔 수도 없는 상황에서 주저하는 형국을 실감 나게 잘 그려내고 있다. 아울러 각 장의 결미를 "-ㄴ다"로 표현하여 현재형과 각운의 효과를 동시에 얻고 있음도 이채롭다.

풀잎 끝
파란 하늘이
갑자기 파르르 떨었다

웬일인가
구름 한 점이
주위를 살피는데

풀잎 끝
개미 한 마리
슬그머니 내려온다

-「풀잎 끝 파란 하늘이」 전문

시인은 길가의 풀잎조차도 예사로이 보지 않는다. 하찮은 것에서 새롭게 발견하는 의미를 빛나게 하는 개성이 있다. 작고 하찮은 것의 그 갸륵함이 왜 여느 사람의 눈에는 잘 보이지 않는 걸까. 역시 시인은 예리한 시의 눈, 시의 가슴을 지니고 산다는 게 맞는 말이라고 생각되는 것이다. 이 작품에서는 자연의 소재화가 상징적 수법 속에 시의 창조적 표현으로 잘 나타나고 있다.

이 「풀잎 끝 파란 하늘이」의 형태는 3장 구성의 단시조를 세 연으로 나누어, 한 연을 3행씩으로 배열하여 3연 3행의 표기법을 취함으로써 이미지의 형상화를 더욱 선명하게 그려놓고 있다. 시조의 표기 방식은 예전엔 주로 장별 배행으로 3장 형식을 취해왔었지만, 현대에 이르러서는 이 3장의 장별 배행 외에 구별 배행이나 음보별 배행 등 다양한 방법으로 발전을 거듭하고 있다. 그러고 보면, 이 작품에서도 각 장의 첫 음보를 한 행으로 내세워 운율적 효과와 아울러 의미도 더욱 드러내면서 이미지도 살려내는 효과를 거두고 있음을 알 수가 있다.

초장에선 '하늘'이 주체인데 "갑자기 파르르 떨었다"라고 했고, 중장에선 '구름'이 주체인데 "웬일인가" "주위를 살피는데"라고 표현하고 있다. 일반적인 표현으로는 이해가 잘 안 되는 시적인 진술, 즉 시의 허용 수법이다. '하늘'이나 '땅'은 무생물인데 감정을 이입시켜 무생물의 생물화와 낯설게 하기의 한 예를 보여주고 있다고 할 것이다.

그뿐만 아니라, 이 시조에서는 시어의 선택과 부림에 있어서도 고유한 순수 우리말 시어를 적재적소에 앉히면서, 조사든 어미든 글자 하나까지도 어김없이 제자리를 지키게 하여 시조의 미감을 살리고 있다. 시인의 귀한 연륜과 혜안의 인생철학을 맛보게 된다.

우리는 오묘함과 아름다움을 지닌 고유한 우리말을 가진 자랑스러운 민족이다. 특히 시조는 언어예술이며 언어 문학으로서 장르적 특성이 확고히 자리 잡았으며, 시조의 형식이 우리의 사상, 감정을 담아내는 이상적인 틀이 된 것이다.

멀리 두고 외로우면
불러다가 만났는데

인제는
나이 탓인가
무시로 찾아오는구나

이렇게 버릇없으면

방문 걸어 잠글란다

-「외로움에게」 전문

시인의 「외로움에게」는 시적 발상이 귀하고 자못 진지하다. 단수이지만 함유된 의미와 깨우침이 소중하게 느껴지는 깊은 뜻을 내포하고 있다. '외로움'이란 말은 우리가 흔히 쓰는 말로서 '혼자가 되어 적적하고 쓸쓸한 느낌'이라는 뜻이다. 누구나 젊은 시절엔 하는 일도 많고 주위 사람들과 교류하는 기회도 많아서 외로울 틈이 없이 지내는 게 일반적인 경우이다. 하지만 나이가 들게 되면 일도 사람도 차츰차츰 곁을 떠나기 마련이어서 노후엔 외로울 수밖에 없다. "멀리 두고 외로우면/ 불러다가 만났는데// 인제는/ 나이 탓인가/ 무시로 찾아오는구나// 이렇게 버릇없으면/ 방문 걸어 잠글란다"는 순차적 구성의 구어체 말법이 적용되어 있다. 초장의 내용은 그동안엔 외로울 틈조차 별로 없었다는 의미이고, 중장에서는 설의법과 영탄법의 표현으로, 이젠 나이 탓인지 외로움이 무시로 찾아온다는 것이다. 그래서 종장에서는 '외로움'이 찾아들지 못하도록 하겠다는 의지의 시적 표현이 "방문 걸어 잠글란다"라고 하여, 외로움과는 멀어지고 싶다는 소망이 나타나 있다.

시조의 내용 구성을 할 때 주로 쓰이는 방법이, '기-승-전-결'이나 '선경후정법', '수미쌍관법', '원근법', '분석법', '연역

법', '귀납법', '변증법' 등도 있지만, '단계적 구성법'도 많이 쓰이고 있는데, 이 단계적 구성법은 '시간적, 공간적, 순차적' 구성 등을 포함해서 말하는 것이다. 그러니 위에서 언급한 순차적 구성은 이 단계적 구성법의 범주에 포함된다.

애비야
　예 어무니
아니다 아무것도

애비야
　예에 어무니
아니 아무것도 아니다

애비야 나 좀 봐라이
　예에 어무니이

애비야!
—「노모老母」 전문

노모와 아들의 간단한 대화체이지만 깊은 정감이 오가는 재미있는 시조다. 이 시조는 퍽 친근감이 드는 대화 형식을 빌려 좀 엉뚱한 듯 우회적으로 표현하는 기법이 다분히 매혹적이다. 요즘 100세 시대에 접어든 걸 감안해 볼 때 노모도 연세가 지긋하시겠지만, 아들 또한 성인이 되어 부모가 된 나이쯤으로 짐작이 된다. 따라서 아들의 말은 노모의 말씀보다 한 칸을 뒤로 밀어 표기하는 세심함도 보인다. 우선 시각적 효과 면에서 노모보다는 아들이 한 급 낮은 계보임을 느끼게 하는 표기 장치라고 생각된다.

인간은 나이가 들면 뇌세포가 줄어들면서 기억력이나 상상력도 감소하기 마련이라고 한다. 이 작품에서 보면, 노모는 별로 할 말이 없으면서도 "애비야"라고 아들을 정답게 부르고 또 부르고 있고, 아들 또한 노모의 대수롭지 않은 부름에도 꼬박꼬박 "예 어무니", "예에 어무니이" 하고 공손함을 표하며 응대하고 있다. 특히 이 시조의 결미를 별도의 한 행으로 독립시켜 "애비야!"라고 마무리하며 여운을 남기는 생략의 묘미에 주목하게 된다. 한동안 노모와 아들이 지근거리에 앉아서 정답게 대화를 주고받는 모습이 오버랩되는 경지이다.

2. 삶에 대한 통찰이 번뜩이는 발화

시조는 이 나라 민족시의 종가요, 종손이라고 했다. 우리의 시조는 모든 시가의 모체요, 근원이다. 시조가 우리 민족 문학의 고유한 형식으로 현대문학의 엄연한 한 장르가 되었으며, 특히 과거의 '읽는 시조'와는 달리 현대에 와서는 '생각하는 시조'로 변모한 것은 이제 주지의 사실이다.

또 현대에 이르러서 시조는 시조성과 현대성을 지닌다고 말한다. 여기에서 '시조성'이라 함은 시조의 정형성과 문학성을 아우르는 말이고, '현대성'이라 함은 시대적인 현대 정신을 일컫는 말이 될 것이다. 이를 환언하면 시조의 형식과 내용이라는 말로 간추릴 수도 있을 것인데, 시조의 형식과 내용의 조화는 선택이 아닌 필수다. 형식과 내용의 조화가 잘 이루어질 때 비로소 시조는 완결된 예술 작품이 될 수 있다. 시조는 모름지기 시조이기에 시조 나름의 특성을 지닌다. 그래서 시조는 시조 그것이어야 한다고 주장하는 것이다. 시조야말로 우리 언어의 최대공약수를 근거로 한 최고의 미학적 결정체이기 때문이다.

주지하는 바와 같이 시조는 일반 자유시와는 달리 일정한 형식이 있는 정형시다. 정해진 기본 틀이 있다는 말이다. 그러니 시조는 형식과 내용의 조화가 반드시 필요하다. 일단 시조라면 우선 형식에 맞아야 하고 내용 또한 예술성, 문학성, 시조성을 담아야 한다.

따라서 우리가 시조를 창작하고 제대로 감상하기 위해서는 이 중요한 형식 이외에도, 제목부터 소재와 주제, 구성, 운율,

장과 구, 소절 관계, 맞춤법, 어휘, 표현의 기교, 형상화, 함축과 내포, 변용, 시제와 어법 등 작품 내용의 문학성을 좌우하는 것들을 두루 챙겨야만 한다. 그래서 이제는 주로 시조의 내용 면에 더 눈을 돌리고 있는 게 시조단의 대세라고 파악되고 있다. 시조의 문학성을 고려한 현대화에 주력하고 있다는 얘기이기도 하다.

날씨가 풀리니까
기어들 나와 갖고

이 나도 우리도
기어들 나왔는데

저 목련
보고 있었네
그래 알았어 그래
–「춘분春分」 전문

춘분은 24절기의 네 번째로, 경칩과 청명 사이에 있다. '봄을 나눈다'는 뜻으로 춘분엔 태양의 중심이 적도를 똑바로 비춰 낮과 밤의 길이가 같아진다고 한다. 이 때문에 우리 조상들은 춘분이 양과 음의 균형이 이뤄지는 날로서 추위가 물러가고 더운 기운이 시작된다고 했다. 양력으로는 3월 20일 내지 3월 21일경에 들며, 춘분 이후부터는 낮이 점점 더 길어졌다가 하지 이후로는 낮이 조금씩 짧아지기 시작하여 가을철 추분秋分이 되면 다시 밤낮의 길이가 같아지게 된다고 한다.

이 시조는 한 구를 한 행으로 배행하는 6행 시조에서, 종장만은 다시 첫 음보와 둘째 음보를 분행한 7행 시조의 표기 방식을 취하고 있다. 이렇게 함으로써 시각적으로나 운율의 효과와 의미 전달의 측면에서 더욱더 잘 정돈된 느낌을 준다. 그리고 종장의 끝구 "그래 알았어 그래"에서는 반복법과 영탄법의 복합적 심상으로, 서로 공감한다는 의미의 표현 효과를 거두고 있음도 발견할 수가 있다. 겨우내 움츠리고 지냈던 사람들이 날씨가 풀리는 춘분을 맞아 모두 밖으로 나와, 새롭게 변모하는 계절의 이치에 매료되고 있는 모습이 그려지고 있다.

동양철학에선 '천 · 지 · 인天地人', 즉 하늘, 땅, 인간을 삼재三才라고 하는데, 이 삼재를 우주의 주체라고 말한다. 사람은 하늘의 기운을 받고 땅의 힘을 얻으며 살아간다는 이치인데, 이런 자연현상 속에 살아가는 우리 인간은 이런 우주의 섭리가 신비로울 수밖에 없는 일이다.

가늘디가는 친구가

해도 달도 담으면서

내 몸 안의 실핏줄도
자네처럼 그러면서

닮았지
우리 졸졸 졸졸
세상 같이 가는 거다
－「실개울」 전문

언뜻 노자의 무위자연無爲自然 사상이 떠오르는 시조다. '무위자연'이란 말은 바로 '전혀 손대지 않은 있는 그대로의 자연'이라는 뜻으로서, 인위적으로 손길을 가하지 않은 자연을 말하는데, 자연에 순응하고, 거스르지 않는 태도를 일컫기도 하니, 속세의 삶보다는 자연 그대로의 삶을 가리킬 때 사용하는 말이다. 표현의 기교를 살펴보면 시각적 심상과 청각적 심상이 어우러져 실개울의 실감과 정겨움을 한결 더해주고 있다. 평이한 듯하면서도 자연스러움이 느껴지는 이 시조에서, 시어 하나하나를 매만지고 다듬은 시인의 손길이 눈앞에 그려진다. 초장에선 자연현상, 중장에서는 인간의 몸, 그리고 종장 "닮았지/ 우리 졸졸 졸졸/ 세상 같이 가는 거다"에서는 자연과 인간이 함께 살아간다는 시인의 자연 친화, 자연 동화의 무구한 마음을 읽을 수 있다.

이 시조의 시상 전개 방법을 살펴보면, 초장과 중장의 종결은 설명형 연결어미를 사용하여 점층적으로 시상을 전개하였고, 종장에서는 설명형 종결어미를 사용하여 시상을 마무리하며 연결성과 통일성을 꾀하고 있으며, 첫 음보를 별도로 앞세워 3행 배치로 시각적으로나 의미적으로도 주제를 심화하는데 이바지하고 있다. 이런 시조의 보법은 이 시조집의 여타 작품에서도 여러 편이 그 유사함을 보여 시인의 개성적 특성으로 짐작된다.

우리 할매
시중들면서
밥하고
청소하고
내 몸도
추스르면서
신문 보고
TV 보고

가늘게

이어지고 있는 삶

곰곰이 맛보고 있다

–「지금 이것이 바로 그것인가」 전문

이 시조는 '제목 붙이기'의 수법이 남다름을 알 수 있다. 시조의 제목은 그 시조의 얼굴이나 마찬가지이다. 그래서 그 시조의 내용과 밀접해야 하는데, 주로 그 시조의 주제나 주제를 암시하는 것으로 붙이거나 중심 제재를 제목으로 선정하는 게 일반적인 현상이었다. 그러나 최근에는 단조로운 명사형이나 체언구의 제목보다는 신선한 주제 문구를 그대로 붙이는 경우가 많아지는 현상을 보이고 있다. 이 시조의 제목은 '지금 이것이 바로 그것인가'이다. 언뜻 무슨 의미인지 모호한 느낌도 들 수 있다. 우선 '이것', '그것'은 지시대명사로, 앞에 내용이 있으면 지시하고 가리키는 '이것'이 무엇이고 '저것'이 무엇인지 그 대상을 바로 알 수가 있지만, 여기서는 시적인 의미로 쓰였기 때문에 그 내포하는 바를 바로 찾아내기란 어려울 수밖에 없는 일이다. 그렇기에 이 시조의 제목에서는 그 함유하는 의미의 폭이 넓어 여러 가지 많은 생각을 하게 된다. 그렇다면 우선 앞에서 말한 '제목 붙이기'의 여러 방법을 상기해 보면 그 답을 쉽게 찾을 수 있다고 생각된다. 사실, 단정하기는 어려운 일이지만, '지금 이것'의 의미는 '현재의 삶'을 가리키며, '바로 그것'

의 의미는 '정해진 운명'이랄까, '타고난 삶의 형태'를 가리키는 말이라고 해석해 보는 것이 어떨까 한다. 그렇게 보면 '이것'과 '그것'은 어쩌면 동일한 의미로 귀결된다고 할 수도 있을 것이다. 시적, 문학적 제목으로는 잘 붙여진 좋은 제목이라고 본다.

또한 이 시조는 특이하게도 초장과 중장을 연이어 한 연 8행으로 구성했는데, 이는 내용의 의미를 쉽게 부각하기 위한 행가름이라고 판단된다. 언뜻 시각적으론 장의 구분이 애매할 수도 있겠지만, 내용상으로 구분해 봤을 때, 초장은 "우리 할매/ 시중들면서/ 밥하고/ 청소하고"이고, 중장은 "내 몸도/ 추스르면서/ 신문 보고/ TV 보고"임을 알 수 있다. 보통의 일반 가정에서라면 거의 할매가 해야 할 일들을 대신 해주면서 할매의 시중을 들고 있는 할배의 가식 없는 평범한 일상을 열거법 표현으로 그려내고 있다. 그리고 종장에서는 "가늘게/ 이어지고 있는 삶/ 곰곰이 맛보고 있다"라고 하여 연로한 부부로서 할매는 와병 중이고 할배는 그 간병 시중을 들게 되니 힘에 겨워 가늘게 이어지고 있는 삶, 곰곰이 맛보고 있다고 기술하고 있는 것이 아닐까 상상해 본다. 특히 결미에서 "곰곰이 맛보고 있다"는 다분히 시적인 표현으로 힘겹게 시중드는 간병 생활임에도 불구하고, 전혀 불평하는 내색도 없이, 삶이 다 그러려니 하고 성찰의 자세로 수용하는 긍정의 마음이 담겨 있음을 짐작하게 한다. 삶의 통찰에서 비롯되는 빛나는 발화라고 할 것이다.

박 시인이 몇 년 전에 시조집 『그러던 어느 날』을 '알츠하이머 간병일기 초抄'라는 부제를 붙여 펴냈었는데, 그 시조집을 살펴보면 부인을 간병하는 현장의 임상일지 같은 사실적 내용이 담겨 있어 크게 감동을 한 바 있어 퍼뜩 그때의 일이 상기되는 것이다. 인생은 생로병사라고 했던가! 우리가 살아가다 보면 수많은 일을 겪기 마련인데, 그중에서도 제일 두려운 게 질병이 아닐까 생각해 본다.

단수
그 진짜 시조는
어디 저 골방으로

세 수 네 수
그 긴 놈들이
사랑방에서 대판이라

그 가람
저세상에서
어찌 보고 계실꼬
―「어쩌다가」 전문

시조의 묘미는 이렇듯 단수에 있다. 시조는 단시조, 즉 단수가 우리 전통 형식 본래의 모습인 것이다. 일찍이 시조 문단을 이끌던 선배 시조시인들도 단수가 살아야 시조가 산다고 했다. 이 시조의 제목 '어쩌다가'에 생략된 의미성은 상상의 매력을 지니고 있다. 전문 내용에서도 찬찬히 음미해 보면 행간에서 여백의 시학을 느낄 수 있는 작품이다. 형식과 내용이 적절히 잘 조화된 작품으로서 시조의 짧은 형식 속에 시상을 정제整齊하고 함축하고 있다. 단수에 대한 간절한 애정과 함께 그야말로 좋은 단시조를 갈망하는 아쉬움이 점잖은 선비적 겸손으로 나타나고 있다.

이 시조의 행과 연의 구성을 살펴보면 그 자체가 시적 효과를 위한 미적 장치이며 하나의 시각적, 의미적 형태를 염두에 두고 창작한 작품이라는 걸 짐작게 한다. 얼핏 쉽게 읽히는 듯하지만 짚어보면 군더더기 없이 잘 여과된 작품이라는 걸 알 수 있다. 종장에서의 설의법 표현 또한 독자에게 짠한 여운으로 공감을 준다. 이 시조는 상징성이 짙은 단수로서 원로 시인의 시품이 느껴지고 있다.

오늘날 시조 문학이 당면한 문제의 한 부분을 짐작게 하는 것 같아 다소 착잡한 마음이기도 하지만, 반면에 현실을 올바르게 진단함으로써 현명한 처방이 나올 수 있다고 생각해 본다. 이 작품에서 보여주는 이런 현실적 안목과 비판의식은 현대사회가 요구하는 시인의 기본적인 의식이라고 본다. 이미 100여 년 전에 시조부흥운동을 하셨던 가람 이병기 스승이, 저 세상에서 시조의 참모습이 잘못된 방향으로 변모되어 가는 이런 풍토를 어떻게 보고 계실지 염려스럽다는 개탄이다. 우리 민족이 천년 세월 갖은 시련을 겪으며 갈고 다듬어온 시조가 아니던가.

아이고 잠이 와야지
밤마다 이 고생이니

못된 짓 그리 했으니
당연한 벌이다 벌

안 자서
잘못이 가신다면
안 잘란다 일어나
–「불면不眠」 전문

시조는 결국 마음의 거울을 닦는 한 방편이 아니겠는가. 이 「불면」은 형식과 내용이 조화를 이루고 있는 일인칭 주관자 시점의 순수 서정시조다. 하찮은 일상생활에서 시상을 포착하여 예리한 직관적 통찰로써 내공을 들여 긍정적으로 표현하고 있다. 평범한 듯 색다른 착상이며 기발한 심상의 변주라고나 할까. 보통 사람의 인식과 통념을 뛰어넘는 새로운 세계를 열어 보인다. 시인의 시상에 잡히는 대상은 이렇게 일상적이며 하찮은 것이라도 더욱더 깊은 의미를 갖게 하며, 평범함의 비범성을 성공시키는 장점이 있다고 할 것이다. 흔히 나이가 들면 잠이 줄어든다는 말이 있긴 하지만, 사실 불면의 밤은 퍽 고통스러울 텐데도 불구하고 시인은 긍정의 마음으로 받아들이고 있다. 초장에서 "아이고 잠이 와야지/ 밤마다 이 고생이니"라고 한탄하고 있다. 엄청나게 견디기 힘든 불면의 밤이라는 걸 알 수 있다. 그러나 중장에서 보면 "못된 짓 그리 했으니/ 당연한 벌이다 벌"이라고 하여, 잠 못 이루는 밤 불면의 고통을 자신의 잘못으로 돌리고 있다. 이런 게 바로 시인의 순수하고도 청정무구한 시심이다. 자신의 허물로 인하여 생긴 불면일 것이니 당연히 감수하겠다는 의지를 보이는 것이다. 이 얼마나 진솔한 겸허의 수용 자세인가! 이 작품에서도 시인의 내공이 쌓인 귀한 인생철학을 배우게 된다.

창가에 화분 몇 개

눈이 안 떨어져요

보고도 또 보고 또 보고
좋구나 이 하루가

재들도
좋대요 행복하대요
그래 우리 행복하구나
-「반려 화분」 전문

급속도로 발전하는 문화와 함께 반려동물, 반려 식물에 대한 관심도가 상승하고 있는 요즈음이다. 이 반려 동식물들은 우리 인간과 함께 생활해 가면서 은연중 정서 안정과 힐링의 효과를 주며 즐겁고 행복한 느낌을 주기도 한다. 얼마 전 매스컴에 소개된 바에 의하면, 반려견이나 반려묘를 양육하는 사람들의 사례와 일화들이 대부분이었지만, 그중에는 반려 식물, 반려 화분에 얽힌 사연도 꽤 많았다. 어느 우울증 환자는 자기 집의 거실에 반려 식물을 들여놓고 한동안 돌보며 기르는 재미에 푹 빠져 지내다 보니, 자신도 모르는 사이에 차츰 우울한 증세가 사라졌다며 신통한 치유 효과를 자랑하기도 했다. 근래에 들어서는 이 반려 식물 또한 반려동물 못지않게 양육하는 가정이 늘고 느는 추세라는 것이다.

이 시조에선 반려 화분 몇 개를 창가에 두고 한 가족처럼 여기며 보고 또 보면서 즐겁고 행복한 시간을 보내는 시인의 경우를 그려주고 있다. 반려 화분과 시인 간에 무언의 정담을 나누며 무한의 행복감을 공유하는 물아일체物我一體의 경지가 참 아름답게 느껴진다. 일상에서 행복을 창조하는 시인의 지혜를 배우게 된다. 시인의 따스한 눈빛과 정을 곁들인 귀한 시정신이 작품의 격조를 한껏 높여주고 있다. 매사를 시심으로 바라보고 사랑으로 인식하는 긍정적 인생관이 배어 있는 이 작품은 시상을 자연스럽게 이끌어가면서 개성적 시법과 함께 정감 있는 구어체 표현으로 시적 묘미를 돋우고 있다.

앙상한 마른 가지 끝
지지 않고 있는 몇 잎

그래 우리 그러자구
꼭 붙잡고 있다가

이 허망

봄에 후배들 나오면
꼭 일러 주고
지자구

–「겨울 나뭇잎」 전문

겨울의 특성을 생각하게 한다. 깊고도 조용한 응시랄까, '겨울 나뭇잎'에 대한 시인의 인식은 선비적인 시안詩眼으로 매우 개성적이다. 시적 이미지를 포착하고 이를 내면으로 다스리는 모습이 자못 안정된 느낌을 준다. 감정적 반응을 구체화, 지성화하고 있으며 간결하면서도 함축적, 내포적인 은유의 표현으로 시조미를 더하고 있다.

시는 설명이 아니기에 이렇게 행간에 함축의 여유를 두기도 하면서, 종장의 전환과 비약의 수법으로 독자에게 다양한 상상력을 유발해 주고 있다.

시적 대상을 대하는 시의 눈, 시의 마음이 그야말로 순수하고 긍정적이다. 진정 자연은 친근한 이웃으로 인간에게 사계절의 섭리를 일깨워 주기도 하는데, 겨울은 사계절의 마지막 시기로서 인생의 노년이 연상되는 모티브이기도 하다.

아무리 생각해 보아도 계절의 순환 섭리는 정말 신비롭기만 하다. 우리 인간으로서는 어쩔 수도 없는 신의 손길이 아닐까. 겨울철이 되면 대부분의 나무는 잎을 떨구고 헐벗은 몸이 되기 마련인데, 겨울인데도 "앙상한 마른 가지 끝/ 지지 않고 있는 몇 잎"이 시인의 눈에 포착되어 의인화의 대상으로 변환되고 있다. "그래 우리 그러자구/ 꼭 붙잡고 있다가"라고 다짐을 시작하는데, "이 허망// 봄에 후배들 나오면/ 꼭 일러 주고/ 지자구"라고 약속하는 것이다. 사실, 계절의 순환 이치에 의해서 겨울이 되면 나무들은 마땅히 잎을 떨구어야 하지만, 지지 않고 남아 있는 몇 안 되는 나뭇잎끼리만이라도 서로 꼭 붙잡고 지내다가 새봄을 맞아 돋아나는 새싹들에 생의 허무와 허망함을 보여주고 일러주자는 다짐을 청유형 표현으로 마무리 짓고 있다. 이처럼 이 시조집의 편편마다에 다양하게 쓰이고 있는 적절하고도 효율적인 표현 기교에 감탄을 금할 수 없다. 결국은 최선을 다하는 삶이지만 우주의 섭리를 거스를 수는 없다는 교훈을 간접적으로 시사하고 있다고 본다.

> 환희의 환성이냐
> 울분의 통곡이냐
>
> 아무러면 어떠냐
> 얼마나 기다렸는데
>
> 마음껏
> 소리쳐 봐라
> 소리 없는 천둥이다
> –「만개滿開」 전문

시조 형식에 시상을 담는 기법이 색다르다. 양괄적 구성을 보이는 단수인데, 초장에서는 "환희의 환성이냐/ 울분의 통곡이냐"라고 의문형으로 제시하고선, 중장에선 "아무러면 어떠냐/ 얼마나 기다렸는데"라고, 도치의 표현 수법을 적용하였고, 종장에서는 "마음껏/ 소리쳐 봐라/ 소리 없는 천둥이다"라고 명령형, 서술형으로 단정하여 주제 심화에 그 강도를 높이고 있다. 이야기가 있는 내용을 간결하게 압축하여 서정적 시조로 선보이고 있다. 세련된 비유로 공감을 일으키는 이 시조는 제목 또한 상징적으로 붙이고 있다. 앞에서도 언급했듯이 현대시조의 제목은 그 작품의 주제를 뽑아 붙이기도 하지만, 이 근래엔 그 작품에서 가장 중요하게 다루려는 대상이나 내용을 상징적으로 나타내는 경우가 많은 편이다. 여기서는 시인이 활짝 핀 꽃을 보고 착상한 작품인데, '환성', '통곡', '천둥' 등으로 제목 '만개'를 암시하고 있음을 인지할 수 있다. 한 예를 들면 상징적으로 작품의 주제를 암시하고 있는 엘리엇의 「황무지荒蕪地」 같은 경우는 제목 선정이 잘되었다는 평가를 받는다.

이렇게 시, 시조는 어떤 개념이나 사상을 그대로 설명하거나 전달하려는 영역이 아니라 그것에서 반응된 감정을, 상상력을 통해서 감동적 정서로 창조하여 새롭게 환기해 주는 영역이다.

3. 평범한 소재에서 비범한 시상을 열다

문학은 인간 구원과 함께 사회 정화의 길잡이며, 영혼을 일깨워 주는 스승이라고 했다. 그렇다! 문학은 순연한 영혼이 서식하는 진실의 집합체다. 일찍이 니체는 "예술은 삶의 위대한 자극제"라고 했으니, 문학도 시조도 삶의 위대한 자극제가 된다는 얘기다.

육당 최남선 선생은 일찍이 「조선 국민문학으로서의 시조」라는 논문에서 "시조는 시다. 조선인이 가진 시다"라고 말했고, 월하 이태극 선생은 『시조의 사적 연구』에서 현대시조의 정의를 "현대인이 현대어로 현대인의 생활과 감정과 사상을 시조의 정형에 담아낸 작품"이라 했다. 이 두 분께서 내린 이 간단한 정의가 현대시조의 진면목을 다 보여주는 말이라고 사료된다.

이 시조집의 작품들에서도 알 수 있듯이 한 편의 시조는 3장 6구 12음보(12소절)의 율격 체재를 갖추고 있다. 그러면서 시조가 그 형태 안에 언어, 율격과 음률, 비유, 상징, 의미, 문체 등 여러 요소를 내포하고 있고 이러한 요소들이 유기적으로 결합하여 조화를 이룸으로써 한 편의 시조가 완성되고 있음을 알 수가 있다.

시조는 깊은 사유와 상상을 통하여 창작한 비유와 상징의 예술품이다. 사실 좋은 시조 창작의 왕도는 없다. 다만, 일반적인 공통분모가 있을 뿐이다.

시조는 어떤 체험적 사실에 상상력을 가미하여 새로운 창조를 이루어내야 하므로 비유와 상징이 필수적이지만 함축적 시어, 간결한 표현도 빼놓을 수 없는 요소다. 시조 창작에 있어서 대상에 대한 깊은 인식과 새로운 해석, 참신한 시어 사용, 경이적인 이미지, 긴장감, 유기적인 관계, 통일성, 예술성 갖추기를 더하면 금상첨화이다.

외로운 혼자가 된다
훤할 때는 몰랐다가

불을 켠다
비참해진다
보기 싫어 꺼 버린다

그러다
칠흑이 되고 나면
꼼짝없는 혼자다
–「어두워지면」 전문

인간은 사회적 동물이다. 인간은 태어나면서부터 가족과 친

척, 친지 그리고 이웃 등 수많은 인연과 관계를 형성하면서 삶을 이어가게 된다. 우리 인간은 그렇게 오묘한 우주의 섭리를 따르며, 날이 밝으면 활동을 하고 어두워지면 휴식에 들거나 잠을 청하는 게 순리이다. 그런데 나이가 들어 기력이 쇠약해지다 보면 매사가 마음대로 안 되는 게 현실이다. 노후엔 어두운 밤은 고사하고 밝은 낮에도 활동하기가 어렵게 되고, 그러다 보면 친지도, 친구들까지도 하나둘 멀어지는가 하면, 다정했던 이웃조차도 소원해지게 되고, 또 모든 관계가 그렇게 되면, 결국은 외로워지는 신세가 될 수밖에 없는 게 노후의 생활이다. 그나마 환한 낮에는 보고 듣고 생각하는 것들이 있어 그냥저냥 지낼 만하겠지만, 잠도 오지 않는 밤이 오면 그 외로움의 고충이란 겪어보지 않은 사람은 이해하기 어려울 것이다. 특히 동반자와 함께하는 생활이라면 좀 덜하겠지만 홀로 살아가는 독거노인 처지라면 그 외로움이 훨씬 더할 것은 자명한 일이다.

이 시조의 핵심어는 '외로움'이다. 혼자일 때 찾아오고 어두워지면 혼자가 되는 외로움이 있다. 외로움에서 벗어나고자 애쓰는 모습이 눈에 선하다. 인간이 사회적 동물이기에 이 외로움에 견디기 힘들어하는 것이다. 어느 누가 '외로움'을 반기고 즐기겠는가.

늘 어질어질하니
자칫 넘어지기 일쑤

안 넘어지려 하다간
안 된다 다친다

그럴 땐
앞서 넘어져 주면서
가볍게 방어
허허
-「넘어져 주기」 전문

언뜻 쉽게 읽히면서도 재미를 느끼게 되는 시조다. 숙련의 연륜이 느껴지는 작품이다. 병원 의사들의 말에 의하면, 나이가 들어 노년에 접어들면 건망증도 생기고 어지럼증도 생기는 것은 보통 일반적인 현상이라고 한다. 이 시조에서 보면 시인은 인간의 나이나 수명은 하늘의 뜻에 따를 수밖에 없는 일이라는 걸 암시하면서, 초장에서 "늘 어질어질하니/ 자칫 넘어지기 일쑤"라고 예사롭게 받아들이고 있다. 이어서 중장에서는 "안 넘어지려 하다간/ 안 된다 다친다"라고 일상적인 조언으로 천리天理에 순응해야 한다고 타이르는 어투인 것이다. 그리고 종장에서는 "그럴 땐/ 앞서 넘어져 주면서/ 가볍게 방어/ 허허"라고 마무리하고 있다. 흥미 있는 발화다. 넘어지려고 하면 미리 슬그머니 넘어져 주는 게 순리이고 가벼운 방어라며 허허 웃고 있다. 하찮은 듯하면서도 보기 드문, 시인의 숙련된 연륜에서 우러난 귀한 시상詩想이라고 생각된다. 시인은 이렇게 평범한 소재에서도 비범한 시상을 열고 있다. 무슨 일이든 억지로는 안 되는 것이며, 모름지기 긍정심으로 매사에 순리를 따라야 한다는 교훈을 주고 있는 시조다.

그게 어디 갔냐구
금방 잘 놔두었는데

여기저기 이리저리
잊고 찾고 잊고 찾고

고맙다
무료한 나날에
일이 생겼다
찾는 일이
–「일복」 전문

이 「일복」의 단수도 시조집의 표제에서 알 수 있듯이 박 시인이 아흔 이후에 쓴 작품 중 하나라고 생각된다. 시인은 노년에 나타나는 건망증 증세를 탓하지 않고 오히려 무료한 나날에 "찾는 일"이 생겨서 고맙다는 발화다. 이런 발상은 여느 사람으로서는 도저히 생각해 볼 수도 없는 색다른 것이다. 오랜 기간 마음을 닦고 도를 닦은 도인道人이나 할 수 있는 마음가짐이라고 생각되는 것이다. 이 또한 평범을 뛰어넘는 혜안의 인생철학이 담긴 시조다. 특히 초장과 중장에서는 그 복잡한 건망증세를 아주 간결하고도 쉽게 이해시켜 주고 있으며, 종장에서는 "고맙다/ 무료한 나날에/ 일이 생겼다/ 찾는 일이"와 같이 초장과 중장의 내용을 이어받으면서 마무리하고 있는데, 반전과 요약의 묘미, 그리고 가미된 도치의 그 표현 수법이 일품이다.

오래오래
사는 것이
좋긴 좋은 것인가

좋아라 좋구나
살아들 가건마는

그 덕에

험하고 험한 꼴을

당하고 또 당하나니

-「장수長壽」 전문

이는 시대적 교훈을 대변해 주는 시조가 아니겠는가. 그렇다. 시인들은 그 시대 그 사회가 안고 있는 보편적 정서 반응을 통합하기도 하고, 또 주장하거나 조정해 나가기도 해야 한다. 그 시대, 그 사회에 참여하여 잘잘못을 고민하고 노래하는 건 시인의 당연한 책무이며 도리이다.

이 시조는 장수 시대를 맞아 그에 따르는 개인적, 사회적으로의 장단점을 부각하며, 특히 장수로 인한 부작용을 개탄하고 있다. 초장에선 "오래오래/ 사는 것이/ 좋긴 좋은 것인가"라고 설의법 표현으로 의견을 제시하고, 중장에서는 "좋아라 좋구나/ 살아들 가건마는"이라고 장수에 대한 부정적 의견을 암시하면서, 무조건 장수의 즐거움에 도취하여 살아가는 현실을 풍자하는 의미를 내포하고 있으며, 종장에서는 "그 덕에/ 험하고 험한 꼴을/ 당하고 또 당하나니"라고 하여, 장수의 부작용을 신랄히 비판하고 있다.

근래에 와서 우리의 삶이 윤택해지고 건강도 좋아져 장수하는 사람들이 기하급수적으로 늘어가고 있다고 한다. 우리나라에서도 예전과는 달리 100세를 넘긴 노인의 숫자가 지난해 말

기준으로 2만 명을 훌쩍 넘었다고 한다. 이제 우리의 생활수준이 예전보다는 엄청나게 좋아진 결과이리라.

노인들은 대부분 젊은 시절엔 한가락 하던 이력이 있어 서로 만나면 "왕년엔 내가 말이야!" 하며 경쟁하듯 자화자찬 일색이지만, 누구 하나 공감하며 알아주는 기색은 별로 없는 풍경도 자주 보게 된다. 나이 들었다고 위세를 부리던 시절은 이제 구시대가 되었다. 함부로 나이 자랑을 할 일이 아니다.

우리의 뇌세포는 젊음을 지나면서 차차 노화되고 줄어들어서, 사고하고 행동하는 것이 날이 갈수록 퇴보한다는 것이 연구 결과로 확연히 나타나 있다. 인간의 나이는 속일 수 없는 삶의 증거다. 삶의 행복을 위해서 장수가 어느 정도 필요는 하겠지만, 건강이 뒤따르지 못하는 장수는 사회적, 국가적으로도 큰 부담이 되며, 많은 부작용을 초래한다는 사실을 명심해야만 한다. 나이 들어 노인이 되면 다시 어린이로 돌아간다는 말이 빈말이 아니다.

이 시조에서는 시대의 흐름과 세태에 적응하려는 자아 성찰의 자세가 드러나 있고, 인생론적 사유가 시적으로 승화되고 있다. 안정감 있게 시상을 전개하며, 현명한 긍정의 미래지향적 처세관을 내용으로 담은 좋은 시조다. 이제 장수 시대를 맞아 노인들의 무료한 일상을 보다 생산적인 방향으로 이끌 획기적이고도 현명한 범정부적인 대안 마련이 시급하다고 본다.

눈을 달래고 달래서
새로 좋게 보자구

기본은 그대로니까
좀 더 두고 보자구

세상이
얼마나 변했는데
묵은 잣대를 거기다가
-「눈도 늙었는가」 전문

앞의 「장수」라는 시조에서도 잠깐 거론했지만, 사람이 늙으면 뇌세포가 차차 줄어들고 노화되어 신체 기관이 제 기능을 제대로 발휘하지 못한다고 하니, 시력도 역시 늙어가는 것만은 분명한 것 같다. 누구라도 뜻하지 않게 노안老眼이 되어 잘 보이지 않는다고 하면 당황하고 답답할 수밖에 없을 것이다. 긴급 처방으로 안과 시술이나 수술로 개선해 볼 수도 있겠지만, 노안의 시력이 영구적으로 좋아질 수는 없는 일이다. 초장의 "눈을 달래고 달래서/ 새로 좋게 보자구"는 우선 견뎌볼 수 있을 때까지 달래고 달래서 견뎌보자는 것이고, 중장의 "기본은 그대로니까/ 좀 더 두고 보자구"는 눈을 다치거나 상한 데가 없이 타고난 그대로니까 좀 더 두고 견뎌보면 좋아질 것이라는 희망적인 긍정심을 함유하는 표현으로 읽을 수 있다. 그런데 종장에서는 "세상이/ 얼마나 변했는데/ 묵은 잣대를 거기다가"라고 하여, 초·중장의 내용과는 달리 시상을 전환하면서 삼인칭 관찰자 시점에서 경고의 메시지를 던져주고 있다. 옛날 방식으로 그냥 무조건 참고 견뎌서 개선될 일이 아니고, 때마다 새로운 시대에 맞는 처방으로 대처해 나가야 한다는 뜻을 내포하고 있다고 본다.

이 시조는, 기존의 사고방식을 바꿔야 한다고 강조하는 시조로 파악된다. 날이 갈수록 빠르게 발전하는 세상인데, 과거의 고정관념에 빠져 있다면 아무런 해결 방안도 발전도 기대할 수 없다는 교훈을 주는 게 아닐까 한다.

좀 어때
기운 내자구
여기저기서 고마운 격려

고맙지요 고맙고말고요
그런데 꼭 그렇지만은

정말은

그런저런 것들이 다

귀찮기만 하거든요

-「고마움까지도」 전문

이 작품은 읽으면 읽을수록 쉬운 것 같으면서도 깊은 의미를 담고 있다. 흔히 몸이 아프거나 큰 어려움으로 곤경에 처했을 때, 힘을 주고 용기를 북돋아 주어야 하는데, 우리는 위로한답시고 의례적, 형식적인 인사말로 오히려 당사자에게 피로감을 더해주는 경우가 있다. 안 될 일이다. 이는 간단히 넘길 일이 아니라 심각하게 숙고해 보아야 할 일이다. 가령 하늘이 무너지는 것 같은 큰 어려움을 당했을 때 그 당사자는 정말 기진맥진 상태에서 말 한마디도 귀찮을 수 있을 것이다. 고맙고 고마운 격려와 위로까지도 귀찮아질 정도라면 무슨 말이 소용되겠는가. 이심전심이라고 했던가! 상대방의 눈빛만 보아도 통하는 마음이 필요하다. 그런 상황에 대하여 반성하고 재고해 보는 진정성의 자세가 중요하다. 더욱더 진정성 있고 따뜻하게 위로해 줄 방법을 신중하게 강구해 보아야 한다. 큰 어려움을 당하여 곤경에 처해 있는 상대방에게 오히려 귀찮은 폐를 끼쳐서야 되겠는가.

이 시조는 시인이 말하고 싶은 내용을 간결하고도 쉽게 이해

할 수 있도록 그림처럼 잘 그려놓고 있다.

이상으로 시조집 『아흔 이후』 첫째 권에 나타난 시 세계와 작품 경향을 살펴보았다. 단시조가 주류를 이루고 있으면서, 간결하고 단아한 형태에 보물 같은 시상이 담겨 있음을 발견한다. 한마디로 '순수 서정으로 빛나는 청정무구의 시조 미학'이라고 말하고 싶다. 정갈한 작품마다 연륜과 혜안의 인생철학이 스며 있는가 하면, 삶에 대한 통찰이 번뜩이는 발화가 있고, 평범한 소재에서 비범한 시상을 열고 있다.

박 시인은 사물을 보는 눈이 맑고, 가슴이 따스하며, 기존의 생각과 개념의 틀에서 벗어나 개성적인 시 세계를 창조하며, 영혼이 없는 물상에 영혼을 불어넣어 주는가 하면, 귀에 안 들리는 것을 들을 수 있고, 눈에 안 보이는 것을 볼 수 있는 혜안을 지니셨다.

건강과 건필을 빌며, 앞으로 『아흔 이후 제2권』, 『아흔 이후 제3권』까지 이어지길 간절히 바라고 또 바란다.